LA ZAFFETTA

RACCOLTA DI RARISSIMI
OPUSCOLI ITALIANI

DEGLI XV E XVI SECOLI II

LORENZO VENIERO

LA ZAFFETTA

Poi ch'ogni bestia in volgar e in latino,
Con giudicio di pecora ignorante,
Ciancia che'l famosissimo Aretino
Hammi composta la Puttana Errante,
Per mentirgli dov'entra il pane e 'l vino,
Et per chiarir ch'un furfante è furfante,
Vengo à cantar si come la Zaffetta
Ne l'utriusque à Chioggia hebbe la stretta.

Che bisogna stupir, goffi, se io
Ho in un tratto lo stil fatto famoso?
Un'Aretin, mezz'huomo et mezzo Dio,
Mi presta il favor suo miracoloso.
Chi vuol in ciel balzar per chiamar Clio,
Vuol guarir in un di del mal francioso.
Invochi l'Aretin, vero propheta,
Chi si vol far, come son io, poeta.

Non v'arrossate, buffalacci buoi,
À dir che'l mastro di color che sanno,
Spenda à mio nome glialti studi suoi,
Com'i pedanti à suoi scholari fanno.
Puo far San Pier che non ci sia fra voi
Plebei tanto d'ingegno co'l mal'anno,
Che discerna l'orina da l'inchiostro,
E 'l priapesco uccel dal pater nostro.

Se l'Aretin la mia Puttana havesse
Composta, come dite, babuassi,
Credete voi ch'altro suon non tenesse,
Altri soprani et altri contrabassi.
Le rime sue parebbono pappesse,
Et i suoi versi parebbon pappassi;
Et poi Pietro, al mio dir ferma colonna,
Mai non ha visto camiscia di donna.

Ma dir potreste: Ei t'ha forse aiutato
A finir l'opra, a cio sia l'opra eterna.
Dico di non, perch'io non son sfacciato,

Com'è 'l ghiotton presontuoso Berna,
Che per haver Orlando sconcaccato
Con rimaccie da banche et da taverna,
Il nome suo ci ha scarpellato sopra,
Come se del furfante fusse l'opra.

Ma torniamo à l'Errante e à le cicale,
Che 'n giudicar si menano l'agresto,
Et hanno nel cervello manco sale
Che d'un'infermo non ha 'l polo pesto.
I l'ho fatt'io col proprio naturale,
Et perche vi chiarite presto presto,
Non havendo per hora altra facenda,
De la Zaffetta canto la leggenda.

Per due cagion, Zaffetta, in stil divino
Vengo à cantar l'historia de tuoi fatti:
Una per dimostrar che l'Aretino
I versi de l'Errante non m'ha fatti;
L'altra, ch'in far piacer son si latino,
Ch'è forza contentar parecchi matti,
Che mi stringono à dir in nova foggia
Di quel trentun che ti fu fatto à Chioggia.

Dio 'l sa, Signora, che mi dolse e dole
Il trentun vostro, perch'i v'amo e adoro.
Ma chi manca à gli amici di parole,
Manco gli impresteria gli scudi d'oro.
Voi pur sapete s'un chiavar vi vole,
Ch'ei pur vi chiava et nel fesso et nel foro.
Dunque che poss'io far, se vole ognuno
Ch'io canta la novella del trentuno?

Angela mia, dovete ben sapere
Ch'ogni Diva ha 'l trentuno o 'l mal francese,
O tardi, o presto, ad ogni modo havere,
Che 'l veggia et sappia ognun chiaro et palese.
Circa il trentun, con poco dispiacere
Sete uscita d'affanni à vostre spese.
Hor venghin via le bole, a ciò che voi
Non stiate più in pensier, co fatti suoi.

Et io, Signora Angela Zaffa, intanto
Che 'l mal francioso occulto scoprirete,
Di voi 'l trentun, qual vangelista, canto;

Et s'io punt'erro, mi corregerete,
Perche 'l fatto v'è noto tutto quanto;
Et meglio tutto à mente lo sapete,
Che non sa la Zaffetta, al trentun corsa,
Cavar l'anima e 'l core d'ogni borsa.

Puttane ladre, che vi disdegnate
Tener un gentil'huom per vostro amante,
D'un gentil'huomo un'arlasso ascoltate
Fatto à una gentil porca galante,
C'ha privilegio fra le nominate,
Qual fra le vacche la Puttana Errante;
Et finir senza dubbio vi prometto,
Come ch'i ho, quel ch'io vo dirvi, detto.

Signor, sono in Venetia, gratia Dei,
Tre legioni o quattro di puttane,
Ruine de patritii et de plebei,
Parte in gran case, parte in carampane;
Ma fra tante migliaia un cinque o sei,
Per forza di belletti e d'ambracane,
Copron si lor bruttezza stomacosa,
Che le poltrone paion qualche cosa.

Fra queste poche ce n'e una sola
Che tiensi prima in la fottuta setta.
Non è la Griffa, non è la Bigola,
Che le parole profuma e belletta.
Aiutatemi à scioglier la parola;
La sua altezza ha nome la Zaffetta,
Che si tien nata di sangue reale,
Poi che patrigno l'è Borrin bestiale.

Conta talhor la sua genealogia,
Et fassi figlia del Procuratore
Da ca Grimani, ch'à sua madre ria
Già fece a ch'ell'è dentro, a ch'ell'è fuore.
Ma viemmi grizzol ne la fantasia
Di cantar puntalmente in bel tenore
Il suo grado in minoribus, et come
C'ha guadagnato il puttanesco nome.

No'l vo dir no, perche de le puttane
Sempre giostran del par, principio e fine.
Cominciano a grandirsi con un pane,

Et con un pan finiscon le meschine.
Basta che la Zaffetta è d'ambracane,
Di seta e d'or, e in pompe alte e divine,
Non sua virtu, non sua bellezza o gratia,
Ch'ella nascendo nacque la disgratia.

Il caso del suo grande et ladro stato,
Che i nostri gentilhuomini ogn'hor soia,
Da una sorte di corrivi è nato,
Che per morbezza, per garra et per foia,
Cercando haver l'un l'altro superato,
À questa Arpia, ch'à chi piu l'ama annoia,
Han dato senza merito à diletto
L'anima e i soldi, à lor marcio dispetto.

Perdonatemi, giovani; l'amore
Ch'io vi porto fa dirmi cio ch'io dico.
Sapete ben ch'io vi son servitore,
Non pur compagno, fratello et amico.
Poi ne la lingua i ho quel c'ho nel core;
Io l'ho detto, et di novo lo ridico:
Le vostre garre, et non gratia o bellezza,
Hanvi abbassati, et lei post'in altezza.

Hora ch'accade? la Zaffetta Diva,
Diciam bella, gratiata et virtuosa,
Poi ch'ella del cervello e danar priva
Ciascun con la sua faccia artificiosa,
Fra l'incazzita sua gran comitiva,
Havea un'amante, ch'è si gentil cosa,
Pieno di leggiadria e cortesia;
Et se non fosse 'l ver, non lo diria.

Il gentil gentilhuom prodigo amante
Sendo fatto di lei, per sorte rea,
Le stava sempre servitore inante,
Com'ella fosse non Zaffa, ma Dea.
Si che pensi ciascun se la furfante
Honestamente rubbava e chiedea.
Perdio, c'han piu discrete e honeste mani
Cingani, marioi, giudei, marrani.

Gran cosa è à dir che l'avaritia stringa
Una puttana si ch'un soldo, un bezzo,
Un guanto vecchio, un puntal, una stringa,

O s'altra cosa c'è di minor prezzo,
Con parlar che tradisce et che lusinga,
Ti rubba sempre, et ha talmente avezzo
L'appetito à far trar, che nel bordello,
Dove son'esse, mandan questo e quello.

Il giovane gentil, che forte amava,
Pur che trovasse fede in la Zaffeta,
Lo spender da par suo manco curava,
Ch'un cavallar di far una staffetta.
Ma non ste molto questa Zaffa fava,
Ch'un'arlasso gli fe, come la setta
De le porche poltrone ognhor far sole
À chi piu dalle, a chi piu ben le vole.

Ogni cosa si puo facil soffrire.
Servitu e danari son niente.
Ma questo puttanesco ognhor tradire
È quel ch'uccide l'amorosa gente.
Credi sta notte con la Dea poltrire,
Et trovi un'altro tuo luoghotenente.
Brava, frappa à tua posta, amazza e squarta,
Ch'à coda ritta è forza che ti parta.

Non fe 'l giovin gentil frappe o rumori,
Al corpo, al sangue, vacca, slandra, ladra,
Nc con spada ò baston sfogò gli amori,
Anzi dopo l'arlasso in mente squadra
Di vendicarsi, onde doppio i favori
À la Signora, e dandole la quadra,
Piu che mai la presenta e la corteggia,
Acio che 'l suo pensier dentro non veggia.

Passati alquanti di, comincia à dire
Il gentil'huom: Quando vogliam, Signora,
A Malamocco per solazzo gire,
Poi che del darci piacer ne vien l'hora?
Con puttanesco et temerario ardire
Rispose la Madonna Angiola allhora:
Al piacer vostro, tutta allegra e altera,
Ma che torniamo à Venetia la sera.

À l'ordin dar non fu zoppo ne tardo
L'amante da le soie assassinato;
Ma con un dolce piacevol riguardo

Duo giovin gentilhuomini ha chiamato:
Un manda à Chioggia, che la cena al tardo
In punto metta; et l'altro, spensierato,
Buon compagno al possibile e da bene,
Seco per gir con la Signora tiene.

Poi che 'l giorno e l'hora e 'l punto venne
Che far le nozze dovea la novizza,
Preparossi una gondola solenne,
Ch'in due vogate mezzo miglio sguizza;
La qual à Malamocco il camin tenne,
Portando allegra l'angelica chizza,
Che fea col suo moroso un gran contrasto
Per voler gir, come sposa, sul trasto.

Come fu giunta questa meretrice
À Malamocco in gran reputatione,
Vezzosamente soghignando dice:
Ecci, ben mio, da far collatione?
Et veggendo fumar una pernice,
Quella grappò e inghiotti in un boccone,
E in men che non si dice Ave Maria,
Traccano gotti sei di malvagia.

Buon pro, Madonna, dice la brigata;
Et ella ride e gliamorosi soia,
Et con quella sua gratia disgratiata
Petegolando, sempre ha in bocca moia;
E à questo e à quello ha la barba tirata,
Per favorirli, e con spiacevol noia
Conta le sue grandezze, et narra come
Di Zaffetta acquisto con l'opre il nome.

E facendole buon cio ch'ella parla,
In gondola torno la compagnia.
La cicalaccia riscaldata ciarla
Pur de le sue grandezze tutta via.
In tanto à Chioggia comincio aviarla
La barca instrutta à quel ch'a far havia.
Ell'attende al suo dire, e vol trovare,
Fra duo di, una casa da suo pare.

Voglio, dicea la gloriosa alfana,
Che voi morosi mi facciate havere
Per sempre à fitto la ca Loredana,

Se non mi moriro di dispiacere.
Poi comincio à cantar una pavana,
Che gia la casa le parea godere.
Vol comprare spalliere e razzi eletti;
Vol far di seta e d'or cinque o sei letti.

Poi entra à dir di certi caveoni,
O capo fuochi, che dica 'l Petrarca.
Gli vuol d'argento, che sian belli e buoni.
Vol sei massare, un ragazzo, una barca.
Vol de contadi le sue provigioni,
In canua vin, sempre farina in l'arca,
E al fin vol tante cose la Borrina,
Che non n'hebbe mai tante una Regina.

Con questi suoi giardin, fatti à sua foggia,
Confermati dal suo sagace amante,
Si ritrovo sua maestade à Chioggia,
Et sbigotti quando l'apparse inante,
Dicendo: Mia persona non alloggia
Sta sera qui: va, barcaruolo, avante;
Gira, poltron (diss'ella); et piange e arrabbia,
Ma patientia è pur forza al fin ch'ell'habbia.

Anima mia, speranza, figlia mia,
Caro sangue, ben mio, dolce mia vita,
Dicea il suo moroso in voce pia,
Da me non fate sta sera partita.
Cio ch'i ho, Angioletta, vostro sia;
Con voi la robba mia non è partita.
Chiedete pur, non habbiate vergogna,
Che chi per voi brama di far non sogna.

Non puote allhor tenersi la puttana
Di non ghignar, mentre facea cordoglio,
Quando senti la proferta che spiana
Di darle il tutto, et disse presto: I voglio
Di restagno et veluto una sottana,
Di quelle ch'à le feste portar soglio.
Voglio una scuffia d'oro, e vo domane
I vostri Pater nostri d'ambracane.

La sottana, la scuffia, e i Pater nostri,
L'Ave Marie, i Salmi et l'Orationi
Havrete, figlia, pur c'hora si mostri

Il vostro cor privo d'afflittioni,
Rispose il gentil'huom: non de i par vostri
Amorosi di fava, Ser coglioni,
Che da le puttanaccie sopportate
Con mille villanie le bastonate.

Hor ella smonta, e non s'accorge havere
Dietro una barca, di fottenti piena.
Corre la turba à furor per vedere
La famosa Zaffetta d'error piena,
Ch'indosso porta un mezzo profumiere.
Parla da nimpha, e 'l passo move à pena.
Hora su questo, hora su quel s'appoggia,
Et vol parer l'Imperatrice à Chioggia.

Il suo amante, che se ne traggea,
Per farla andar piu di se stessa altera,
Con voce da stupir pian le dicea:
Voi sete di bellezza una lumiera.
Hor fosse adesso qui Venere Dea,
Che vedria 'l mondo chi ha miglior ciera;
Poi soggionge: Madonna, un de vostri atti
Questi Chioggiotti fa diventar matti.

Con queste soie e berte profumate,
Entraro i sotii, con sua Signoria,
Dov'eran le vivande apparecchiate,
Com'à gran gentilhuom si convenia;
Et havendosi ognun le man lavate,
À cena se n'entro la compagnia,
E in capo di tavola s'assetta
La puttana Illustrissima Zaffeta.

Silentio à mensa, quando l'odor vola
De gliarrosti per tutto; ella si tace.
Con piene mani, piena bocca e gola
Sol dice: Questo è buon, questo mi piace;
Et chi l'havesse chiesta altra parola,
Non era per haver seco mai pace.
Mangia e bee senza freno, anzi divora,
Et buon per me, ch'era à Venetia allhora.

Venner l'ostreghe al fin, che tante e tante
Ne mangiò su' altezza, che ciascuno
Grido misericordia, e haveva inante

Le scorze, che l'apri tutto 'l communo.
Ma che ciancie cont'io? Suo largo amante,
Ch'ordinato ha l'historia del trentuno,
Piglia per man l'Angiola per diletto
Dicendo: Sangue mio, andiamo al letto.

Andiam, rispose, con un'occhio chiuso
E l'altro aperto, l'Angela divina,
Ch'addormentata nel letto entro giuso,
Non sapendo se gliè sera o mattina.
Quel giovine gentil, che non er' uso,
Esser soiato da una fachina,
Anch'egli in un balen fassi spogliare,
Che vendicar si vuol, non vol chiavare.

Pur trovandosi ritta la ventura
Disse 'l Boccaccio, essendo buon fottente
Havendogli ella volto per sciagura
Il volto del seder solennemente,
Ruppe due lancie, ciascuna piu dura,
Poi al suo inanzi piu che mai valente
Per dispreggio di lei venne, à la volta,
Et le fe quel servigio un'altra volta.

Quella musica dolce in tuono grave,
In tenore, in soprano e in contrabasso,
Che l'havea messo dirietro la chiave
Nel suo B molle accettò per ispasso
Cacciato il sonno da la Signor' have,
Per cui sentia tutto 'l suo corpo lasso,
E rivolta à l'amico disse: Dammi,
Speranza, un bascio, e quella cosa fammi.

Ei, c'ha preso la volpe et hormai vole
De le malitie sue punirla presto,
Rispose: Il corpo mi s'è mosso e dole,
Anima mia, hor che vorra dir questo?
E del letto esci, e senza piu parole
E 'l lume piglia, et va ratto, e par mesto.
Come la turba, che l'aspetta, il vide,
Da compagnona smasselando ride.

Dopo le risa, si conchiude ch'uno
Gentil giovane vada à principiare
Il meritato honorevol trentuno,

Col qual s'ha la Zaffeta à disgradare.
Hora 'l buon sotio senza indugio alcuno
In camera entra, e comincia à cantare
Con il Priapo in man sodo in un punto
Questa canzone allegro in contrapunto:

La vedovella, quando dorme sola,
Lamentarsi di me non ha ragione…
Quand'ode il suono d'una tal parola
La traditrice di tante persone,
Che piu fuggir non puo, s'ella non vola,
Ne i capelli et negliocchi le man pone,
Che ben s'accorge che 'l trentun vien via,
Per castigar la sua poltronaria.

Eccoti il sotio, c'ha in mano un ferale,
Che vol veder pur la Zaffetta in viso,
Visto ch'ei l'ha, con bel parlar morale
Disse: Signora, i vengo à darvi aviso
Come sta notte un trentuno reale
Quel che v'adora vuol darvi improviso;
Et pregha, se non è qual meritate,
Ch'accettando 'l buon cor gli perdoniate.

Quand'ella sente la festa annontiarse,
Al minacciar zaffesco à un tratto corre,
Et vol del sangue di colui satiarse
Che la verginita l'ardiva à torre.
Con puttanesco pianto à humiliarse
Comincia poi, perch'è savia, e discorre
Che 'l gentilhuom secondo del trentuno
Chiavato ha dietro Borrino et ognuno.

Dicea la Zaffa borse à una Signora,
Ch'in Vinegia ciascun la prima tiene,
Ch'è fanciullina e 'l latte ha in bocca anchora,
À dar questo trentun non fassi bene.
Deh Dio! ah Dio! volete voi ch'io mora,
Magnifico Messer dolce e da bene?
Se sta notte salvate l'honor nostro,
Questo dritto e riverso è tutto vostro.

E duo sessi squinterna, in cui le frappe
D'alcun che l'ama ogni vertu colloca.
Ma 'l trenton, che le tocca e coscie e chiappe,

Disse ch'ell'ha carne di grua e d'oca,
Riccamata di brozze, come cappe,
E negre, e schiffe in morbidezza poca.
Non puzza, no, perche caccia i fetori
De la bocca et de i piei con mille odori.

Il giovin nontio del trentun gentile,
Ch'à la libera vive per natura,
La conforta à far animo virile,
Tal che la Zaffa stringhe, entra in bravura,
Et chiama un'atto di persona vile
Chi vendetta di far con donne cura;
Ond'ei, ch'entreria in colera con Dio,
Disse: Voltati in la, potta di Dio.

Voltassi in la col capo humile e basso
Sua Signoria, et ei, drizzato 'l stocco,
Dietro à la porta glie 'l messe per spasso,
Non da lussuria, ma da un grizzol tocco.
E qui è, Signor, da notar un bel passo,
Per cui à Chioggia invidia ha Malamocco.
Non so s'è me' tacerlo o meglio dirlo,
Ma serri gliocchi chi non vuole udirlo.

Lo stocco di quel giovane ch'io dico,
Essendo duro, parea proprio un sasso;
L'ostreghe che 'nghiotti la Zaffa amico
Andando vive pel suo corpo à spasso,
A quello s'aggrappar con forte intrico.
Sentendo questo il gentil'huomo, un passo
Tirossi in dietro; e 'l stocco dischiavato,
D'ostreghe 'l vide tutto riccamato.

Et cosi, com'egli era, uscendo fuora,
Il miracolo à i sotii mostro chiaro.
Le risa che di cio fur fatte allhora,
Non ve le contarebbe un calendaro;
E mentre le reliquie la Signora
Tenea scoperte, e facea pianto amaro,
Eccoti un pescator pazzo e bestiale,
Ch'un mezzo braccio ha lungo il pastorale.

Et senza dir: Cor mio, ne dar conforto,
À lei s'aventa e la gran lancia arresta,
E con un guardo villanesco e torto

Le coscie l'apre, et incartolla à sesta.
Grido la Zaffa: Matti, tu m'hai morto;
E su la sponda inchinando la testa,
Stette tanto in angoscia et in dolore,
Che venne un'altro in cambio al pescatore.

Questo quarto à chiavarla parse à lei
Pur pescator, ma di natura pia,
E 'nginocchioni lanciosegli à i piei,
Dicendo: Huomo da ben, chi tu ti sia,
Se mi scampi di man de i farisei,
Facendomi fuggir per qualche via,
Queste gioie et catene vo donarti,
Et diece e venti volte contentarti.

Non voglio gioie, non voglio catene:
Vo fotter, disse Marcon à la pace;
Et voltatala in giuso con le schiene,
La balestra scarco due volte in pace.
Dopo costui un barcaruol ne viene,
Che 'l chiavar di buon core piu gli piace,
Che la merenda non fa su la barca,
Se bee senz'acqua al boccal vin di Marca.

Mentre Ser barcaruol facea i suoi fatti,
Ecco à la porta una quistione appare,
De la camera dico, perche ratti
I Chioggiotti son corsi per chiavare,
Come su i coppi di Genaro i gatti
Corron con incazzito imagolare;
E la Zaffa barette ahime dicea,
E 'l gentilhuom di fuor le rispondea:

Madonna mia, il mondo è fatto à scale.
Sempre non ride del ladro la moglie.
À Chioggia scende chi à Venetia sale,
E pur tallhor de le volpi si coglie.
Voi rideste di me di carnevale,
Quando ch'i havea del vostro amor le doglie:
Hor di quaresma io mi rido di voi,
Et cosi pare il gioco va fra noi.

Ah! crudele, ah! ingrato, ove, ove sono
Le berte date à me, quando volevi
L'arrosto, che parendoti ognhor buono:

Dammelo, cara mammina, dicevi?
Signor mio caro, io vi chieggio perdono,
Et se mi concedete ch'io mi levi
Questo trentun dadosso, che m'accora,
Vi saro sempre schiava e servitora.

Rispose il gentilhuom da lei tradito:
Adesso vien ampia commissione,
C'havra il voto vostro esaudito.
State col cor contrito in oratione.
In questo, un c'havea, com'un romito,
La conscientia senza discretione,
Da traditor, da turco e da giudeo,
L'apri con la sua chiave il culiseo.

Con il carbon stava un, segnando al muro
Tutte le botte ch'eran date à lei;
Et quando à lei sei volte giunte furo,
Grido colui ad alta voce: E sei.
Vien via un'hortolan dal pinco duro,
Dicendo: Tu la mia speranza sei;
Et senz'altro prohemio compi presto
La sua facenda, fatta in luogho honesto.

E sette, gli dicea quel dal carbone.
Ispacciatevi, giovani, c'ho fretta.
Tocca la volta à un fantc poltronc,
Non uso à mangiar carne di capretta.
Costui adosso in modo se le pone,
Che vomitar fece à la poveretta
Quel ch'ella 'l di mangio, poi cheto cheto
Le pianto il suo ravano di drieto.

Numero otto gia nel muro appare.
Ma qui ne vien il buon, comincia adesso,
De la comedia il secondo atto appare.
Esce in campo un fachin soffiando spesso,
Che vuole un porro di dietro piantare
À colei, ch'ogni cosa à sacco ha messo,
Et senti tal dolceza il buon compagno,
C'hebbe à morir sul buco, come 'l ragno.

Levato in pie fece un salto da matto:
Berghem, berghem, gridando à la fachina.
Par proprio un gallo c'ha fatto quel fatto

À la sua bella morosa gallina,
Che, smontato ch'egli è, scuotesi un tratto,
Canta una volta, et à beccar camina:
Cosi 'l fachin, de lo sborrar satollo,
A legar ritorno non so che collo.

La Signora fottuta à capo basso
Piangeva ad alta voce si dolente,
C'havrebbe humiliato un Sathanasso,
E un bulo in bizzaria fatto clemente.
Dicea: Deh! perche 'l petto hor non mi passo,
Acio i non senta cianciar fra la gente,
A San Marco, à i Frari, e da ciascuno,
Ch'io degnamente habbia havuto 'l trentuno?

Hor sera pur contenta questa e quella,
Invidiosa di mia buona sorte.
Come 'l Venier lo sa, fara novella,
Perch'aprir non gli volsi un di le porte.
Gia ogni barcaruol di me favella,
Et parmi udir da i putti gridar forte,
Sul ponte di Rialto, a cio s'intenda:
Chi vol de la Zaffetta la leggenda?

Le lamentation di Geremia
Volea seguir, quando giunser due frati,
Dicendo: Chi è quello? Ave Maria,
Vogliam, Signora, de vostri peccati
Fornir di confessarvi, a ciò non sia
L'anima vostra scritta fra i dannati.
Et l'uno et l'altro à la Zaffa divotta
Cacciar dietro e dinanzi una carotta.

Ma che vad'io contando ad uno ad uno?
Eccoti che sforzata è pur la porta.
Chioggia è venuta à furore, à communo,
Per haver la sua parte de la torta.
È fatto gia mescolanza d'ogniuno.
Ciascuno di chiavarla si conforta,
Et dadosso se l'è tolto uno a pena,
Che l'altro è corso à farla trar di schena.

Havete visto la dal Vener Santo,
Quando ch'ogni plebeo vuol confessarsi,
Stare la turba su l'ali da canto,

Ch'al confessor, come puo, vol lanciarsi:
Cosi, mentre l'un chiava, l'altro intanto
Sta desto, et vuol con la diva attaccarsi.
Son sempre cinque o sei c'hanno 'l pie mosso,
Ch'ognun prima vorria salirle adosso.

Colui che col carbon segna le botte,
Si presto che segnar le puo à fatica,
Sendo passata piu che mezza notte,
Disse: Brigata, e convien pur ch'io 'l dica:
Settanta nove lancie havete rotte
Contra la vostra gagliarda nimica,
Si che una botta sola à far ci resta,
Et poi à Dio, che finita è la festa.

L'ultima volta far volse un piovano,
Ch'in chiavar monasteri ognialtro passa,
Il qual fessi menar suo cane à mano,
Poi la rivescia sopra d'una cassa,
Et glie lo mette in la vulva e ne l'ano;
Et stringendo 'l poltron la testa abbassa,
Perche 'l fetore ammorba il can gentile
De l'oglio humano et de l'onto sottile.

Un miro d'oglio e di buttiro havea
In corpo la Zaffeta a pena viva,
Il qual di dietro e dinanzi piovea
Su i calcagni e su i piei con foggia schiva.
Onde 'l piovan per lo suo can chiedea
Di quelle carezzine con che priva
Sua Signoria i suoi morosi cari
Di cervello, d'honore e di dinari.

Ma perche 'l giorno ne vien à staffetta,
Il gentilhuom che l'annontio 'l bel gioco
In camera entra, et via caccia con fretta
Il piovan goffo, gaglioffo e da poco;
Poi con una sua dolce predichetta
Riconforta Madonna Angiola un poco,
Et le fa creder ch'un soverchio amore
È stata la cagion d'un tanto errore.

Havete (disse) voi persa la vita,
Per ottanta con gratia chiavature?
Hor sete voi la prima in cio fornita?

Per tutto 'l mondo son de le sciagure.
Ci havete obligo assai, sendone uscita
Sana per tutto, benche grosse e dure
Siano state le lancie ne la giostra,
Eterna gloria à la Signoria vostra.

L'Angela piange e dice: O sventurata,
Come comparirai fra le persone?
La mia grandezza in tutto è ruinata.
Son'io da strapazzar con un trentone?
Monaca mi vo far per disperata,
Ne fin ch'io vivo piu farmi al balcone.
Et cio dicendo il corpo le fa motto,
Ond'ella ando sospirando al condotto.

Nel render le borsette parse un frate,
Che di minestre scaricasse 'l ventre,
Et una squadra d'anime non nate
Convien che ne la bocca al condotto entre,
In mandragole, in rane trasformate,
In scorpioni, in tarantole; e mentre
Il suo bisogno al condotto facea,
L'oglio favale per tutto correa.

Col suspiramus lachrimarum valle
Rivestissi levata dal condotto,
Pregando il gentilhuom, con basse spalle,
Che del trentuno suo non faccia motto.
Il da ben sotio il giuramento dalle
Che solamente dira che fur otto,
Et cosi de fottenti il gran collegio
Le fe la gratia, e dielle 'l privilegio.

Poi trovossi una barca da melloni,
E piantataci su sua Signoria,
Fu menata à Venetia senza suoni
Che l'havrian tratta la meninconia.
Rimasti à Chioggia, quei compagni buoni
Scrisser per ogni muro e in ogni via
Come l'Angela Zaffa nel trent'uno,
À i sei d'Aprile, habbia havuto 'l trentuno.

Hor la Zaffetta è giunta in casa, e botta.
Subbia, chiama e bestemmia in voci ladre.
Di bastonar le massare borbotta,

Onde l'aperse la riva sua madre,
Et vedendo la figlia mal condotta,
Chiama Borrino, suo addottivo padre,
Et serrata la riva su le scale,
Stramorti la puttana universale.

Posta nel letto, d'aceto rosato
Bagnati i polsi, et di fresche acque il viso,
Lo spirto mariol l'è ritornato;
Et riguardando la sua madre in viso,
Disse: Quel traditor, che m'ha menato
A Chioggia, ch'ei sia arso et sia ucciso;
Dar m'ha fatto un trentuno il traditore.
Mio pare, i vo che gli mangiate 'l core.

Quando la madre l'alza i panni, e vede
Il suo quadro, e 'l suo tondo rosso, e rossa,
E l'uno e l'altro enfiato, certo crede
In fra due hore andarsene in la fossa,
Et con gran pianto il suo barbiero chiede,
Che venne presto, e sta in dubbio se possa
Guarirla o no, ma pur con certa ontione
L'unghie 'l seder, e l'unghie 'l pettiglione.

Lo sbisao bestial Borrin feroce,
Col pistolese in man, stringendo i denti,
In portico spasseggia, e ad alta voce
Dice mille: Vo farne mal contenti.
Fa su le ditta il segno de la croce,
Et su ci giura mille sacramenti
Che vuol far diventar sangue il suo rio:
Ah! poltron mondo! ah! benedetto Dio!

Gia per Venetia è 'l trentun divolgato.
De la Zaffetta è pieno ogni bordello,
Ne pur' un sol s'è in la cita trovato
Che non esalti chi l'ha dato quello.
In fino il buon compagno Gioan Donato,
Et Lunardo da Pesar, buono e bello,
Han caro ogni suo mal, perch'ella impari
Con le soie à burlar con i suoi pari.

Venner da Chioggia à Venetia di botto
I mastri che punir la volser bene,
Et per tutto notar numero otto,

Poi ch'ottanta notar non si conviene,
Che l'han promesso, e non l'havrebbon rotto
Il privilegio ch'ella appresso tiene;
Et ciascun che lo legge benedice
I mastri à castigar la meretrice.

La Zaffeta ha serrato ogni balcone.
In casa stassi, come fusse morta.
Il suo rio non fa piu reputatione.
Non aprirla al Prencipe la porta.
Non mangia o dorme; e trista in un cantone
S'è post'al scuro, et mai non si conforta;
Et quando che di Chioggia si ricorda,
Si lascia cader giu come balorda.

I Signor cinque e i capi de i sestieri,
À cui n'ando la querela volando,
Ridendo de i carnefici cristeri,
Di far l'esecution la van soiando;
Onde i terrieri e tutti i forestieri
Del bene merto suo vanno parlando,
Tal che per tutta Italia ognuno canta
Numero otto, id est numero ottanta.

L'Angela stassi peggio che romita
In cordoglio, in silentio, sobbria e casta.
Passan sei giorni, è presso che guarita.
Altro non dice, co i suspir, che: Basta.
Gia la vergogna l'è di mente uscita.
Non sentendosi piu ne i sessi guasta,
Piu sfacciata che prima, ladra e ghiotta,
In su'l balcon fa la Regina Isotta.

Forse che pensa diventar migliore,
Non soiar, non tradire et non rubbare?
Forse che pensa al suo perduto honore,
Ch'una puttana farla vergognare?
Ma pensa piu che mai cavare 'l core
À quelli che la corron'à adorare,
Et per una vestura in nuova foggia,
Vol far la pace col trentun da Chioggia.

Io non mai ho parlato à la Zaffetta,
Et l'havea per Signora alta e divina.
Ma 'l conte Urluro in ca di Vienna, letta

M'ha la ribalda sua vita assassina,
Ond'io tengo piu buona et piu perfetta
La mia Errante Helena Ballarina;
Et se l'Errante è da ben piu di lei,
Iddio Cupido, miserere mei.

Hor le puttane, c'han l'arlasso inteso,
Si risseraron sbigottite tutte,
Fra lor pensando s'han qualch'uno offeso,
Che caccan di mangiar di quelle frutte;
Et s'un cento ducati havesse speso,
Non mai di casa fuor l'havria condutte;
Ne à Lio, ne à la Zuecca, o in barca vanno,
Tanta paura di quel trentun'hanno.

Ma Dio volesse, puttane mie care,
Che l'esempio di lei vi fosse in core,
Che saria cosa santa il puttanare,
Et ci s'acquistaria spasso et honore.
Se, quando un gentilhuom vi vol chiavare,
De la Zaffa pensaste al dishonore,
Dicendo voi di si l'osservereste,
Et le vie d'ingrandirsi sarian queste.

S'un che v'ama, superbe cortigiane,
Trovasse in voi punto di cortesia,
Discretion ne la bocca et ne le mane,
Et stimare colui che vi disia,
Con dir il vero anchuo, come domane,
Et non follate e soie tutta via,
Senz'essergli ricchiesto, ei vi darebbe
L'anima e 'l core, e poco gli parrebbe.

Saria pur gran piacere à dir': Io amo
Una donna ch'accetto ha'l mio servire,
La qual vien sempre à me quand'io la chiamo,
Ne mi vol ingannar ne far fallire,
Et senza lite ognihor d'accordo siamo.
S'io le do, piglia, et non ardisce à dire:
Dammi, fammi, se non ti faccio e dico,
Ne à la taglia mi pon, come nimico.

Saria ben spilorcio e ben furfante,
Un che la sua morosa ognihor chiavasse,
E 'l suo bisogno vedendol' inante,

Come la vita sua non l'aiutasse.
Ma gliè 'l bordel quest'esser vostro amante,
Et credo, se 'l thesoro un di v'amasse,
Fallirebbe de l'altro, com'ha fatto
Per girvi dietro al cul questo e quel matto.

Un giunge in casa de la sua Signora,
Et giunto à pena, vien via la massara
Pe i soldi, pel savon; poi esce fuora
La madre, che par proprio il cento para;
E tanto soia te la traditora,
Ch'uscir bisogna di natura avara.
Eccoti adosso al fin la Diva corsa,
Che bascia te, per basciar poi la borsa.

Cuor mio, pare mio, vecchietto mio,
Se mi vuoi ben, comprami trenta braccia
Di raso, o d'ormesin, c'hoggi 'l vogli' io.
Ti bascia gliocchi, la bocca e la faccia,
Tal che vi scapperia Domenedio;
Ne giova à te che tu 'l cattivo faccia,
Perche 'l cotal, che ti si rizza, vole
Che le paghi co i fatti le parole.

Et mentre ti svaleggia e à sacco mette:
Vien (dice) à dormir meco, e verrai presto;
Et per la propria sera ti promette;
Et tu, coglion, corri à mandarle il cesto.
Compri in persona mille novellette,
Che ti par che 'l tuo honor ricchieda questo,
Et quel c'hai tu comprato, un'altro cena:
Tu stai di fuor, rodendo la catena.

Spassegiato quattr'hore pien di stizza,
Tosto corri à vestirti à la foresta.
Esci di casa, et vuoi la slandra chizza
Scannar, brusciar, con ira et con tempesta.
Intanto il tabernacol ti si rizza,
Et à subbiar torni, et fai la voce mesta.
La massara al balcon dice: Messere,
State un poco, e lasciatevi vedere.

In questo mezzo il martel, che lavora,
T'apre la borsa, et volano i presenti,
E al fin resti à dormir con la Signora,

Che ti squinterna mille sacramenti
Che non puote cenar con teco allhora;
Et tu dici fra te: Porca, tu menti.
Se Christo vuol ch'io mi snamori mai,
Com'un'huom s'assassina vederai.

La mattina ti lievi et mandi il fante
Per la tua vesta, et lasci in casa à lei
Da stravestir i drappi, e la furfante
Rubba ogni cosa con mani e co i piei.
Mandi per essi, et datti lunghe tante,
Che bestemiando e ringratiando i Dei,
È forza che mai piu non glie le chieggia,
Ma che de gli altri ti faccia et proveggia.

Una scuffia che lasci de la notte
Piu non si vede et piu non si ritrova.
Una camiscia tua de le piu rotte
Ti toglie, come fusse bella e nova.
Et per Dio! che ne i boschi et ne le grotte
Dove che i malandrin fanno lor prova,
Con l'oro in man con piu sicurta vassi,
Che fra queste puttane, ohime! non fassi.

Al fin gliarlassi et i danar mancati,
Et il tempo perduto e 'l dishonore,
E 'l viver sempre mai da disperati,
La ragion, l'ira, e 'l dispetto, e 'l dolore,
Con quel rancor che si sfratano i frati,
Esci di man del vil asino Amore,
Et la mente spezzata fatta sana,
Corri à furor contra la tua puttana.

Le togli cariuol, casse, e spalliere,
Perche le comperaro i tuoi danari.
Le sfreggi 'l volto bene et volentiere,
E 'l trentun le fai dar fin da i beccari,
Con bastonate et staffilate fiere,
A manu propria da i fachin preclari,
À le massare, à la ruffiana madre,
Con rise al cielo spensierate e ladre.

Cose ordinarie son le romancine.
Cosi le porte tutte impegolate.
Le vostre benemerite ruine

Son gliamici perduti, o sciagurate
O poverette, o mendiche, o meschine,
O ladre, o brutte, o ghiotte, o scelerate;
Credete hor al Venier: mutate vita,
Se non il ponte à star seco v'invita.

Ma io son pazzo ad esortarvi, e dire
Che diventiate gentili e divine.
Puttane, ho detto mal, vommi ridire:
Siate piu ladre, ribalde, assassine;
Non vi restate à rubbar et tradire
Senza misericordia et senza fine,
Perche non c'è altro rimedio e via
À cavarci del capo la pazzia.

S'elle fusser da bene, com'ho detto,
Da l'altro di n'andremmo à l'hospedale.
Ognun si caverebbe il cor del petto,
Se vivessin le vacche à la reale.
Il farci ognhor morire di dispetto,
Et il trattarci ognhor peggio che male,
Et il farci fallire à grand'honore,
Ci cava al fin del cul Madonna e Amore.

Rubbate pur à due mani et à ognuno;
Accumulate pur gioie e catene,
Che la vecchiezza vi riduce in uno
Tutto quel che pompose hora vi tiene,
Et peggio anchor l'ingordo et importuno
Mal francioso, ch'un tempo v'intertiene,
Vi rubba in otto di quel che furate
Ne la vostra fottuta e verde etate.

Ma e saria un piacer di paradiso,
Se 'l mal francese, ch'altro, è che la tossa,
La robba sol vi mangiasse improviso.
Il caso è che vi mangia i nervi e l'ossa,
Et poi le man, gliorecchi, gliocchi e 'l viso
Vi mangia, e 'l cor, e v'invita à la fossa,
Che cosi vuole Iddio, che 'l tempo aspetta,
Per far de i matti amorosi vendetta.

Si che, Zaffetta mia, vivi à l'antica,
Cosi come sei vissa, o vivi peggio.
Cosi tu, porca Errante, mia nimica,

Et voi, altre puttane, perch'io veggio
Ch'à uscirvi di man saria fatica,
Se voi sedeste in puttanesco seggio
Con le virtu c'ho sopra detto tante,
E usque a morte ognun vi saria amante.

Una fra mille millanta migliara
Di puttane viventi à nostre spese
Ho conosciuta bella, buona e cara,
Et da bene al possibile e cortese,
Che Giacoma chiamossi da Ferrara,
O vogliam dir Giacoma Ferrarese,
Che per esser da bene, e bella, e buona,
In questi giorni s'è morta in persona.

Altro non ho da dir ch'io mi ricordi,
Se non ch'ognun tien lega di cicale,
E 'l mondo seria stanza da balordi,
Se non fusse lo spasso del dir male,
Il mangiar la luganega co i tordi,
Con gliaranci, col pevere e col sale.
Cosi il dir mal al gusto human non spiace.
Datevi adunque, Angela diva, pace.

Se 'l Re, se 'l Pappa, e se l'Imperatore
Sopportan che gli sia detto coglioni,
Del mio burlar non pigliate dolore;
Et se 'l pigliate pur, Dio ve 'l perdoni.
Anch'io vo la mia parte de l'honore.
Son gentilhuomo atto à donarvi doni.
Venni, et subbiai per farvi riverenza,
Ma dal balcon mi fu data licenza.

La nostra Signoria con gratia degna,
E 'l Prencipe ciascun, che parlar vede,
Ode con gratia et con humilta degna,
Et grand'è pur la Venetiana sede.
Ma vostra altezza, per portar l'insegna
De le puttane, esser maggiori si crede
Che non è di San Marco il campanile;
Pero dato vi fu il trentun gentile.

IL FINE.

LA ZAFFETTA

Poich'ogni bestia in volgare e in latino,
Con giuditio di pecora ignorante,
Ciancia che il famosissimo Aretino
Habbi composta la Puttana Errante,
Per mentirli dov'entra il pane e 'l vino,
E per chiarir che un furfante è furfante,
Vengo a cantar si come la Zaffetta
Ne l'utriusque in Chioggia hebbe la stretta.

Che bisogna stupir, ò goffi, s'io
Hò in un tratto lo stil fatto famoso?
Un Aretin, mezz'huomo e mezzo Dio,
Mi presta il favor suo miracoloso.
Chi vuol in ciel balzar per chiamar Clio,
Vuol guarir in un dì dal mal francioso.
Invochi l'Aretin, vero profeta,
Chi si vuol far, come son io, poeta.

Non v'arrossite, bufalacci buoi,
A dir che il mastro di color che sanno,
Spenda a mio nome gl'alti studij suoi,
Come i pedanti a suoi scolari fanno?
Può far San Pier che non vi sia fra voi
Plebei tanto d'ingegno col malanno,
Che discerna l'urina da l'inchiostro,
E 'l priapesco uccel dal pater nostro?

Se l'Aretin la mia Puttana havesse
Composto, come dite, babuassi,
Credete voi ch'altro suon non tenesse,
Altri soprani et altri contrabassi?
Le rime sue parrebbono papesse,
Et i suoi versi parrebbon papassi;
E poi Pietro, al mio dir ferma colonna,
Mai non hà visto camiscia di donna.

Ma dir potrete: Ei t'ha fors'aiutato
A finir l'opra, acciò riesca eterna.
Dico di nò, perch'io non son sfacciato,
Com'è il ladron prosuntuoso Berna,
Che per haver l'Orlando sconcacato
Con rimaccie da banche e da taverna,

Il nome suo c'hà scarpellato sopra,
Come se del furfante fusse l'opra.

Ma torniam'a l'Errante e a le cicale,
Che in giudicar si menano l'agresto,
Et hanno nel cervello manco sale
Che non hà d'un infermo il pollo pesto
Io l'ho fatt'io col proprio naturale,
Et acciò vi chiarite presto presto,
Non havendo per hor'altra facenda,
De la Zaffetta canto la leggenda.

Per due raggion, Zaffetta, in stil divino
Vengo a cantar l'historia de' tuoi fatti:
Una per dimostrar che l'Aretino
I versi de l'Errante non m'hà fatti;
L'altra, che in far piacer son si latino,
Ch'è forza contentar parecchi matti,
Che m'astringono a dire in nova foggia
Di quel Trent'un che ti fu fatto in Chioggia.

Dio sà, Signora, se mi dolse e duole
Il Trent'un vostro, perche v'amo e adoro.
Ma chi manca a gl'amici di parole,
Manco gli prestaria gli scudi d'oro.
Voi pur sapete s'un chiavar vi vuole,
Ch'ei pur vi chiava e nel fesso e nel foro.
Dunque che poss'io far, se vuole ogn'uno
Ch'io canti la novella del Trent'uno?

Angela mia, dovete ben sapere
Ch'ogni Diva hà il Trent'un el mal francese,
O tardi, o presto, ad ogni modo havere,
Che 'l veggia el sappia ogn'un chiaro e palese.
Circa al Trent'un, con poco dispiacere
Sete uscita d'affanni a vostre spese.
Hor venghin via le bolle, accioche vuoi
Non stiate più in pensier, co i fatti suoi.

Ecco, Signora Angela Zaffa, in tanto
Che 'l mal francese occulto scoprirete,
Di voi il Trent'un, qual Vangelista, canto;
E s'io punt'erro, mi correggerete,
Perche il fatto v'è noto tutto quanto;
E meglio tutto a mente lo sapete,

Che non sà la Zaffetta, al Trent'un corsa,
Cavar l'anima el cuore d'ogni borsa.

Puttane infami, che tanto sdegnate
Tener un gentil'huom per vostro amante,
D'un gentil'huomo un arlasso ascoltate
Fatto da una gentil porca galante,
Ch'hà privilegio fra le nominate,
Qual fra le vacche la Puttana Errante;
E finir senza dubio vi prometto,
Come ch'io hò, quel ch'hò da dirvi, detto.

Signor, sono in Venetia, gratia Dei,
Tre legioni o quattro di puttane,
Ruina de' patritij e de' plebei,
Parte in gran case, parte in carampane;
Ma fra tante migliaia un cinque o sei,
A forza di belletti e d'ambracane,
Cuopronsi sua bruttezza stomacosa,
Che le poltrone paion qualche cosa.

Fra queste poche ce n'è una sola
Che tiensi prima in la fottuta setta.
Non è la Grifa, non è la Bigola,
Che le parole profuma e belletta.
Aiutatemi a scioglier la parola;
Hà la sua altezza nome la Zaffetta,
Che si tien nata di sangue reale,
Poiche patrigno l'hà Borrin bestiale.

Conta talhor la sua genealogia,
E fassi figlia del Procuratore
Da cà Grimani, ch'a sua madre ria
Già fece a che l'è dentro, a che l'è fuore.
Ma vienmi humore ne la fantasia
Di cantar puntualmente in bel tenore
Il suo gran grado in omnibus, e come
S'hà guadagnato il puttanesco nome.

Nol vuò dir nò, perche de le puttane
Sempre giostran dal par, principio e fine.
Cominciano a ingrandirsi con un pane,
E con un pan finiscon le meschine.
Basta che la Zaffetta è in ambracane,
In seta e in or, con pompe alte e divine,

Non già per sua virtù, bellezza o gratia,
Ch'ella nascendo nacque in la disgratia.

Il caso del suo grande et alto stato,
Che i nostri gentil'huomini ogn'hor soia,
D'una tal sorte di corrivi è nato,
Che per morbezza, per gara e per foia,
Cercando hor l'uno, hor l'altro scioperato,
Con quest'Arpia, ch'a chi più l'ama annoia,
Gl'han dato senza merito e diletto
L'anima e i soldi, a lor marcio dispetto.

Perdonatemi, giovani; l'amore
Ch'io vi porto fa dirmi ciò ch'io dico.
Sapete ben che vi son servitore,
Non pur compagno, fratello et amico.
Poi ne la lingua io hò quel c'hò nel core;
L'hò detto, et hor di nuovo lo ridico:
Le vostre gare, e non gratia o bellezza,
Hanvi abbassati, e lei posta in altezza.

Hora ch'accade? la Zaffetta Diva,
Diciam bella, gratiosa e virtuosa,
Poich'ella del cervello e danar priva
Ciascun con la sua faccia artificiosa,
Fra l'incazzita sua gran comitiva,
Havea un amante, ch'è si gentil cosa,
Pieno di gentilezza e cortesia;
E se non fusse il ver, non lo diria.

Il gentil'huomo, che prodigo amante
S'era fatto di lei, per sorte rea,
Le stava sempre servitore innante,
Com'ella fusse non Zaffa, ma Dea.
Si che pensi ciascun se la furfante
Honestamente rubbava e chiedea.
Per Dio, ch'han più discrete e honeste mani
Cingari, marioi, giudei, marani.

Gran cosa è a dir che l'avaritia stringa
Una puttana si che un soldo, un bezzo,
Un guanto vecchio et un puntal di stringa,
E s'altra cosa c'è di minor prezzo,
Con parlar che tradisce, ti lusinga,
Ti rubba sempre, et hà talmente avvezzo

L'appettito al rapir, che nel bordello,
Ov'esse son, hor mandan questo, hor quello.

Il giovane gentil, che forte amava,
Pur che trovasse fede in la Zaffetta,
Lo spender da par suo meno curava,
Che un cavalier di correr la staffetta.
Ma non stè molto questa Zaffa brava,
Che un arlasso gli fè, come la setta
De le sporche poltrone ogn'hor far suole
A chi più dalle, a chi più ben le vuole.

Ogni cosa si può facil soffrire,
E servitù e danari non son niente.
Ma questo puttanesco, empio tradire,
È quel ch'uccide l'amorosa gente.
Credi sta notte con la Dea dormire,
E trovi un altro tuo luogotenente.
Brava e frappa a tua posta, ammazza e squarta,
Che a coda ritta è forza che ti parta.

Non fè il giovin gentil frappe o rumori,
Al corpo, al sangue, vacca, slandra, ladra,
Ne con spada o baston sfogò gl'amori,
Anzi doppo l'arlasso in mente quadra
Di vendicarsi, onde doppiò i favori
A la Signora, e dandole la quadra,
Più che mai la presenta e la corteggia,
Acciò che 'l suo pensier dentro non veggia.

Passati alquanti dì, comincia a dire
Il gentil'huom: Quando vogliam, Signora,
A Malamacco per solazzo gire,
Poiche d'andar a spasso hormai vien l'hora?
Con puttanesco e temerario ardire
Rispose la Signora Angela allora:
Al piacer vostro, tutta allegra e altiera,
Ma che torniamo a Venetia la sera.

Per l'ordin dar non fu zoppo ne tardo
L'amante da l'infame assassinato;
Ma con un dolce e piacevol riguardo
Doi gioven gentil'huomini hà chiamato:
Un manda a Chioggia, che la cena al tardo
In punto metta; e l'altro, spensierato,

Buon compagno al possibil e da bene,
Seco per gir con la Signora tiene.

Poiche quel giorno e l'hora e 'l punto venne
Che far le nozze dovea la novizza,
Preparossi una gondola solenne,
Che in due vuogate mezzo miglio sguizza;
La qual'a Malamacco il camin tenne,
Portando allegra l'Angelica chizza,
Che fea col suo moroso un gran contrasto,
Per voler gir, come sposa, sul trasto.

Come fu giunta questa meritrice
A Malamocco con riputatione,
Vezzosamente soghignando dice:
Evvi, ben mio, da far colatione?
E vedendo fumante una pernice,
Quella grappò con farne un sol boccone,
E in men che non si dice Ave Maria,
Tracannò gotti sei di malvasia.

Buon prò, Madonna, dice la brigata;
Et ella ride e l'amorosi soia,
E con quella sua gratia disgratiata,
Pettegolando sempre in bocca moia,
E a questo e a quel'hà la barba tirata,
Per favorirli, e con spiacevol noia
Conta le sue grandezze, e narra come
Di Zaffetta acquistò con l'opre il nome.

E facendole buon ciò ch'ella parla,
In gondola tornò la compagnia.
La cicalaccia riscaldata ciarla
Pur de le sue grandezze tuttavia.
In tanto a Chioggia cominciò avviarla
La barca instrutta in quel ch'a far havia.
Ell'attende al suo dir, che vuol trovare,
Fra doi giorni, una casa da suo pare.

Voglio, dicea la gloriosa alfana,
Che voi morosi mi facciati havere
Per sempre a fitto la cà Loredana,
Se non mi morirò di dispiacere.
Poi cominciò a cantar' una pavana,
Che già la casa parle di godere.

Vuol comprare spalliere e razzi eletti;
Vuol far di seta e d'or cinque o sei letti.

Poi entra a dir di certi cavedoni,
O capo fuochi, che dica il Petrarca.
Gli vuol d'argento, che sian belli e buoni.
Vuol sei massare, un ragazzo, una barca.
Vuol di contado le sue provisioni,
Sempre in caneva vin, farina in l'arca,
E al fin vuol tante cose la Borrina,
Che non n'hebbe mai tante una Regina.

Con questi suoi giardin, fatti a sua foggia,
Confirmati dal suo sagace amante,
Si ritrovò sua maiestade in Chioggia,
E sbigottì quando gl'apparse innante,
Dicendo: Mia persona non alloggia
Sta sera quì: và, barcaruolo, avante;
Gira, poltron, diss'ella; e piange e arrabbia,
Ma patienza al fin forz'è ch'ell'habbia.

Anima mia, speranza, figlia mia,
Caro sangue, ben mio, dolce mia vita,
Diceva il suo moroso in voce pia,
Da me non fate sta sera partita,
Acciò tutto, Angioletta, io vostro sia.
Con voi la robba mia non è partita.
Chiedete pur, non habbiate vergogna,
Che chi per voi brama di far non sogna.

Non potè allor tenersi la puttana
Di non ghignar, se ben havea cordoglio,
Quando sentì l'oblation che spiana
Di dare il tutto, e dice: Quest'io voglio:
Di restagno e velluto una sottana,
Di quelle che alle feste portar soglio.
Voglio una scuffia d'oro, e vuò domane
I vostri Pater nostri d'ambracane.

La sottana, la scuffia, i Pater nostri,
L'Ave Marie, i Salmi e l'Orationi
Haverete, pur ch'hora mi si mostri
Il vostro cuor privo d'afflittioni,
Rispose il gentil'huom: non de' par vostri
Amorosi di fava, arcicoglioni,

Che de le puttanaccie sopportate
Con mille villanie le bastonate.

Hor ella smonta, e non s'accorge havere
Dietro una barca, di fottenti piena.
Corse la turba in furia per vedere
La famosa Zaffetta d'humor piena,
Che adosso porta un mezzo profumiere.
Parla da ninfa, el passo muove appena.
Hora su questo, hora su quel s'appoggia,
E vuol parer l'Imperatrice a Chioggia.

Il suo moroso, che se n'avvedea,
Per farla andar più di se stessa altiera,
Con voce di stupor pian le dicea:
Voi sete di bellezza una lumiera.
Hor fuss'ella pur quì Venere Dea,
Che il mondo vederia ch'hà miglior ciera;
Poi soggiunge: Madonna, un de vostr'atti
Questi Chioggioti hormai fa venir matti.

Con queste soie e berte profumate,
Entrano i socij, con sua Signoria,
Dov'eran le vivande apparecchiate,
Come a gran gentil'huom si convenia;
Et havendosi ogn'un le man lavate,
A cena se n'entrò la compagnia,
Et in capo di tavola s'assetta
La puttana Illustrissima Zaffetta.

Silentio a mensa, quando l'odor vola
De gl'arrosti per tutto; ella si tace.
Con piene mani, piena bocca e gola
Sol dice: Questo è buon, questo mi piace;
E chi l'havesse chiesto una parola,
Non era per haver seco mai pace.
Mangia e bee senza freno, anzi divora;
Buon fu per me, ch'era a Venetia allora.

Venner l'ostriche al fin, che tante e tante
Ne tranguggiò su' altezza, che ciascuno
Gridò misericordia: ella d'avante
Le scorze have, ch'aprì tutto il comuno.
Ma che ciancie cont'io? Il suo largo amante,
Ch'hà tramato l'istoria del Trent'uno,

Piglia per man la Diva per diletto
Dicendo: Sangue mio, ch'andiamo in letto?

Andiam, rispose, con un'occhio chiuso
E l'altro aperto, l'Angiola assassina,
Ch'addormentata nel letto andò giuso,
Non sapendo s'ell'è sera o mattina.
Quel giovane gentil, che non er'uso
D'esser soià cosi da una facchina,
Anch'egli in un balen fessi spogliare,
Che vendicar si vuol, non vuol chiavare.

Pur trovandosi ritta la ventura,
Disse il Boccaccio, sendo buon fottente,
Havendol'ella volto per sciagura
Il volto del seder solennemente,
Ruppe due lancie, ciascuna più dura,
Poi al suo d'innanzi più che mai valente
Per dispreggio di lei venne a la colta,
E le fè quel serviggio un'altra volta.

Quella musica dolce in tuono grave,
In tenore, in soprano e in contra basso,
Che gl'havea messo di dietro la chiave
Nel suo B molle accettò per ispasso
Scacciato il sonno da la Signor'have,
Per cui sentia tutto il suo corpo lasso,
E rivolta a l'amico disse: Dammi,
Speranza, un bacio, e quella cosa fammi.

Ei, ch'hà presa la volpe et homai vuole
De le malitie sue punirla presto,
Rispose: Il corpo mi s'è mosso e duole,
Anima mia, hor che vorà dir questo?
Del letto uscì, e senza più parole
Il lume piglia, e và ratto, e par mesto.
Come la turba, che l'aspetta, il vide,
Dal gran diletto ismascellando ride.

Doppo le risa, si conchiude ch'uno
Gentil giovane vada a cominciare
Il meritato honorevol Trent'uno,
Col qual s'hà la Zaffetta a degradare.
Hora il buon socio senza indugio alcuno
In camer'entra, e cominciò a cantare

Col cazzo sodo in man et in un punto
Questa canzone allegro incontra appunto:

La vedovella, quando dorme sola,
Lamentasi di me, non hà raggione…
Quand'odo il suono d'una tal parola
La traditrice di tante persone,
Che più fuggir non può, s'ella non vola,
Ne capelli e ne gl'occhi le man pone,
Che ben s'accorge che 'l Trent'un vien via,
Per castigar la sua ribalderia.

Eccoti il socio, ch'hà in mano un ferale,
Che vuol veder pur la Zaffetta in viso;
Visto ch'ei l'hà, con bel parlar morale
Disse: Signora, io vengo a darvi aviso
Come sta notte un Trent'uno reale
Quel che v'adora vuol darvi improviso;
E prega, se non è qual meritate,
Che accettando il buon cuor li perdonate.

Quand'ella sente la festa annuntiarsi,
Al minacciar zaffesco a un tratto corre,
E vuol del sangue di colui satiarsi
Che la virginità l'ardiva torre.
Con puttanesco pianto a humiliarsi
Comincia poi, perch'è savia, e discorre
Che il gentil'huom secondo del Trent'uno
Chiavato hà dietro Borino et ogn'uno.

Dicea la Zaffa forsi a una Signora,
Ch'in Venetia ciascun la prima tiene,
Ch'è fanciullina el latte hà in bocca ancora;
A dar questo Trent'un non sarà bene.
Oh Dio! Dio mio! volete voi ch'io muora,
Magnifico Missier dolce e da bene?
Se sta notte salvate l'honor nostro,
Questo dritto e roverso è tutto vostro.

E i doi sessi squinterna, in cui le frappe
Qualcun che l'ama ogni virtù colloca.
Ma il Trent'un, che le tocca e coscie e chiappe,
Disse ch'ell'hà le carni di grue e d'occa,
Ricamata di broze, come cappe,
E nere, e schife in morbidezza poca.

Non puzza, nò, perche caccia i fetori
Della bocca e de i piè con mille odori.

Il giovin nuntio del Trent'un gentile,
  Ch'a la libera vive per natura,
  La conforta a far animo virile,
Talche la Zaffa strega entra in bravura,
  E chiama un atto di persona vile
Chi vendetta di far con donna cura;
Ond'ei, ch'entrava in corso in stil giocondo,
Disse: Voltate in là, sporgete il tondo.

Voltossi in là col capo humile e basso
  Sua Signoria, et ei, drizzato il stocco,
  Dietro la porta gliel messe per spasso,
Non da lussuria, ma da un grizzol tocco.
  E quì, Signori, è da notare un passo,
Per cui hà a Chioggia invidia Malamocco.
Non sò se è ben tacerlo o meglio il dirlo,
Ma serri gl'occhi chi non vuol udirlo.

Lo stocco di quel giovanotto amico,
  Che per durezza somigliava a un sasso,
  L'ostriche ch'ingiottì la Zaffa, dico,
Andavan vive pe 'l suo corpo a spasso,
  A quello s'aggrappar con forte intrico.
Sentendo questo il gentil'huomo, un passo
Tirossi in dietro, e 'l stocco dischiavato,
D'ostriche il vidde tutto riccamato.

E cosi, com'egl'era, uscendo fuora,
  Il miracolo a i suoi dimostrò chiaro.
  Le risa che di ciò fur fatte alhora,
Non le raccontarebbe un calendaro;
  E mentre le reliquie la Signora
Tenea scoperte, e facea pianto amaro,
Eccoti un pescator pazzo e bestiale,
Che grosso e lungo haveva il pastorale.

E senza dir: Ben mio, ne dar conforto,
La lancia in un momento assoda e arresta,
  E con un guardo villanesco e torto
Le coscie l'apre, e incartola et assesta.
Gridò la Zaffa: Ah! cane, tu m'hai morto;
E su la sponda inchinando la testa,

Stette tanto in angoscia et in dolore,
Che venne un altro in cambio al pescatore.

Questo, quanto al chiavarla, parse a lei
Pur pescator, ma di natura pia,
E in ginocchioni se li lanciò a i piei,
Dicendo: Huom da ben, qual tu ti sia,
Se mi scampi di man de farisei,
Facendomi scampar per qualche via,
Queste gioie e catene vuò donarti,
E dieci e venti volte contentarti.

Non voglio gioie, non voglio catene:
Vuò fotter, disse Marcone alla pace;
E voltatala in giuso con le rene,
La balestra scarcò due volte in pace.
Doppo costui un barcaruol ne viene,
Che 'l chiavar di buon cuore più li piace,
Che la merenda non fa su la barca,
Se bee senz'acqua al boccal vin di Marca.

Mentre che 'l barcaruol facea i suoi fatti,
Ecco a la porta una question'appare,
De la camera dico, perche ratti
I Chioggioti son corsi per chiavare.
Come su i tetti di Gennaro i gatti
Corron con incazzito sgaolare;
E la Zaffa infelice ahime dicea,
E 'l gentil'huom di fuor le rispondea:

Signora mia, il mondo è fatto a scale.
Non sempre ride del ladro la moglie.
A Chioggia scende chi a Venetia sale,
Anco tal hor la volpe ben si coglie.
Voi rideste di me di carnevale,
Quando ch'io havea del vostr'amor le doglie:
Hor di quaresim'io rido di voi,
E cosi il gioco pari và fra noi.

Ah! crudel', ingrataccio, ov', ove sono
Le berte date a me, quando volevi
L'arrosto, che parendoti ogn'hor buono:
Dammelo, cara mammina, dicevi?
Signor mio caro, vi chiedo perdono,
E se mi concedesti ch'io mi levi

Questo Trent'un d'adosso, che m'accora,
Vi sarò sempre schiava e servitora.

Rispose il gentil'huom da lei tradito:
Adesso vien ampla commissione,
Che il voto vostro havrà ben esaudito.
State col cor contrito in oratione.
In questo, uno ch'havea, come un romito,
La conscienza senza discrezione,
Da traditor, da turco e da giudeo,
Gl'aprì con la sua chiave il culiseo.

Con un carbon stav'un, segnando al muro
Tutte le botte ch'eran date a lei;
E quando alle sei volte giunte furo,
Gridò colui con alta voce: E sei.
Sen vien un hortolan col pinco duro,
Dicendo: Tu la mia speranza sei;
E senz'altro proemio compì presto
La sua facenda, fatta in luogo honesto.

E sette, gli dicea quel del carbone.
Via spacciatevi, giovani, ch'hò fretta.
Tocca la volta ad un fante poltrone,
Non uso a mangiar carne di capretta.
Costui in modo adosso gli si pone,
Che vomitar fece la poveretta
Quel ch'ella il dì mangiò, poi cheto cheto
Gli pianta il suo gran ravano di dreto.

Numero otto già nel muro appare.
Ma quì ne vien' il buon, comincia adesso,
De la comedia il second'atto appare.
Esce fuora un facchin soffiando spesso,
Che vuole un porro di dietro piantare
A colei, ch'ogni cosa a sacco hà messo,
E sentì tal dolcezza il buon compagno,
Ch'hebbe a morir sul buco, come il ragno.

Levando in piè fece un salto da matto:
Bergem, bergem, gridando alla facchina.
Par giusto il gallo ch'il servitio hà fatto
Alla sua bella morosa gallina,
Che, smontato ch'egl'è, scotasi a un tratto,
Canta una volta, et a beccar camina:

Cosi il facchin, dello sborrar satollo,
A legar ritornò non sò che collo.

La Signora fottuta a capo basso
Piangeva ad alta voce si dolente,
Ch'havrebbe humiliato un Satanasso,
E un mulo 'n bizzarria fatto clemente.
Dicea: Deh! perche il petto non mi passo,
Acciò non senta cianciar fra la gente,
A San Marco, e a li Bari, da ciascuno,
Ch'io degnamente havuto habbia il Trent'uno?

Hor sarà pur contenta questa e quella,
Invidiosa di mia buona sorte.
Come il Venier lo sà, farà novella,
Perche aprir non le volsi un dì le porte.
Già già ogni barcaruol di me favella,
E parmi udir da i putti gridar forte,
Sul ponte di Rialto, acciò s'intenda:
Chi vuol della Zaffetta la legenda?

Le lamentation di Geremia,
Volea seguir, quando giunser doi frati,
Dicendole: Chi è quella brutta Arpia?
Vogliam, Signora, de vostri peccati
Fornir di confessarvi, acciò non sia
L'anima vostra scritta tra i dannati.
E l'uno e l'altro alla Zaffa divota
Cacciar dietro e d'innanzi una carota.

Ma che vad'io contando ad uno ad uno?
Eccoti che sforzata è pur la porta.
Chioggia è venuta a furor di comuno,
Per haver la sua parte de la torta.
E fatti in un mucciglio, ciascheduno
Per ben chiavarla il primo si conforta,
E d'adosso s'è tolto l'uno appena,
Che l'altro è corso a farla far di schena.

Havete visto là del Vener Santo,
Quando ch'ogni plebeo vuol confessarsi,
A star la turba su l'ali da canto,
Che al confessor il primo vuol lanciarsi?
Cosi, mentr'un la chiava, l'altro in tanto
Stà desto, e vuol con la diva attaccarsi.

Son sempre cinque o sei ch'hanno il piè mosso,
E vorria ognun saltarle il primo adosso.

Colui che col carbon segna le botte,
Si presto che segnar le può a fatica,
Sendo passata più che mezza notte,
Disse: Brigata, convien pur ch'io 'l dica:
Settanta nove lancie havete rotte
Contro la vostra gagliarda nemica,
Si che una botta sola a far ci resta,
E poi per tutti finit'è la festa.

L'ultima volta far volse un Piovano,
Che in chiavar monasteri ogn'altro passa,
Il qual fessi menar suo cazzo a mano,
Poi la rovescia sopra d'una cassa,
E gli lo mette in la vulva e ne l'ano;
Ma teneva il giotton la testa bassa,
Perche il fetor' ammorba il can gentile
De l'oglio humano e de l'onto sottile.

Un miro d'oglio e di butiro havea
In corpo la Zaffetta appena viva,
Il qual di dietro e d'innanzi piovea
Su i calcagni e su i piè con foggia schiva.
Onde il Piovan per il suo can chiedea
Di quelle carezzine come prima
Sua Signoria li suoi morosi cari
Di cervello, d'honor e di danari.

Ma perche il giorno ne viene a staffetta,
Il gentil'huom ch'annontiò il bel gioco
In camer'entra, e fuor caccia con fretta
Il Piovan goffo, gaglioffo e da poco;
Poi con una sua dolce predichetta
Riconforta l'afflitta Angiola un poco,
E le fa veder che 'l soverchio amore
È stata la caggion d'un tanto errore.

Havete, disse, voi persa la vita,
Per ottanta con gratia chiavature?
Hor sete voi la prima in ciò fornita?
Per tutto il mondo son delle sciagure.
C'havete obligo assai, sendone uscita
Sana per tutto, benche grosse e dure

Siano state le lancie ne la giostra,
Eterna gloria a la bravura vostra.

L'Angiola piange e dice: Oh! sventurata,
Come caminerai fra le persone?
La mia grandezza è in tutto rovinata.
Son io da trapolar con un Trentone?
Monaca mi vuò far per disperata,
Ne fin ch'io vivo vuò farmi al balcone.
E ciò dicendo il corpo le fa motto,
Ond'ella sospirando andò al condotto.

Nel render le borsette parse un frate,
Che di menestra scaricasse il ventre,
Et una leggion d'alme non nate
Convien che nella bocca al condott'entre,
In mandragore e in rane trasformate,
In scorpioni, in tarantole; e mentre
Il suo bisogno al cacator facea,
L'oglio favale per tutto correa.

Col suspiramus lachrymarum valle
Rivestissi levata dal condotto,
Pregando il gentil'huom, con basse spalle,
Che del Trent'uno suo non faccia motto.
Il da ben socio il giuramento dalle
Che dirà solamente che fur'otto,
E cosi de fottenti il pio collegio
Le fè la gratia, e diede il privileggio.

Poi trovossi una barca da meloni,
E piantatavi sù sua Signoria,
Fu menata a Venetia senza suoni
Che gl'havrian tratta la malinconia.
Rimasti a Chioggia, quei compagni buoni
Scrisser per ogni muro e in ogni via
Come l'Angiela Zaffa nel Trent'uno,
A i sei d'Aprile, habbia sfamato ognuno.

Hor la Zaffetta giunta in casa, a botta,
Subbia, chiama e biastema in voci ladre.
Di bastonar le massare barbotta,
Onde gl'aperse la riva sua madre,
E vedendo la figlia mal condotta,
Chiama Borrino, suo adottivo padre,

E serrando la riva su le scale,
Tramortì la puttana generale.

Posta nel letto, d'aceto rosato
Bagnati i polsi, e di fresc'acqua il viso,
Lo spirito mariol l'è ritornato;
E riguardando la sua madre in viso,
Disse: Quel traditor, che m'hà menato
A Chioggia, ch'egli sia bruciato e ucciso;
Dar m'hà fatto un Trent'uno il traditore.
Mio pare, io vuò che gli mangiate il cuore.

Quando la madre gl'alza i panni, e vede
Il suo quadro, e 'l suo tondo rosso, e rossa,
E l'uno e l'altro enfiato, certo crede
Fra due hore d'andarsene in la fossa,
E con gran pianto il suo barbiero chiede,
Qual venne presto, e stà in dubio se possa
Guarirla o nò, ma pur con certa untione
L'unge il seder, e frega il pettignone.

Lo stizzato bestial Borrin feroce,
Col pistolese in man, stringendo i denti,
In portico passeggia, e ad alta voce
Dice mille: Vuò farne mal contenti.
Fa su le dita il segno della croce,
Et su vi giura mille sacramenti
Che vuol far diventar sangue il suo rio:
Ah! mondo infame! oh! benedetto Dio!

Già per Venetia il Trent'un divulgato,
Della Zaffetta è pieno ogni bordello,
Ne pur un sol s'è in la città trovato
Che non esalti chi gl'ha dato quello.
In fine il buon compagno gran Donato,
E Lunardo da Pesar, buono e bello,
Han caro ogni suo mal, perch'ella impari
Con le soie a burlar con i suoi pari.

Venner da Chioggia a Venetia di botto
I mastri che punir la volser bene,
E per tutto notar numero otto,
Perche ottanta notar non si conviene,
Che gl'han promesso, e non gl'havrebbon rotto
Il privileggio ch'ella appresso tiene;

E ciascun che lo legge benedice
I mastri a castigar la meretrice.

La Zaffetta hà serrato ogni balcone,
E in casa stassi come fusse morta.
Il suo rio non fa più riputatione.
Non apriria al Principe la porta.
Non mangia ò dorme, e trista in un cantone
S'è posta al scuro, e mai non si conforta;
E quando che di Chioggia si ricorda,
Cade distesa al suol come balorda.

I Signor cinque e i capi de i sestieri,
A quali la querela andò volando,
Ridendo de carnefici cristieri,
Di far l'esecution vanno slungando;
Onde quei de la terra e i forastieri
Del ben merito suo vanno parlando,
Talche per tutt'Italia ognun già canta
Numero otto, idest numero ottanta.

L'Angiola stassi peggio che romita
In cordoglio, in silentio, sobria e casta.
Passar sei giorni, è quasi hormai guarita.
Altro non dice, co i sospir, che: Basta.
Già la vergogna gl'è di mente uscita.
Non sentendosi più ne i sessi guasta,
Più sfacciata di prima, ladra e ghiotta,
Sopra il balcon fa la Regina Isotta.

Forse che pensa diventar migliore,
Non soiar, non tradire e non rubbare?
Forse che pensa al suo perduto honore,
Ch'ogni puttana faria vergognare?
Ma pensa più che mai cavar' il core
A quelli che la corron a adorare,
E per una vestura in nuova foggia,
Vuol far la pace col Trent'un di Chioggia.

Io non hò mai parlato a la Zaffetta,
E l'havea per Signora alta e divina.
Ma il conte Urluco in cà di Vienna, letta
M'hà la ribalda sua vita assassina,
Ond'io tengo più buona e più perfetta
La mia Errante Elena Ballarina;

Hor se l'Errante è più da ben di lei,
Gran Dio Cupido, miserere mei.

Hor le puttane, ch'han l'arlasso inteso,
Si riserrorno sbigottite tutte,
Fra lor pensando s'hann'alcuno offeso,
E cacan di mangiar di quelle frutte;
E s'un cento ducati havesse speso,
Non mai di casa fuor l'havria condutte;
Ne a Lio, ne a la Zueca in barca vanno,
Tanta paura di quel Trent'un hanno.

Ma Dio volesse, puttane mie care,
Che l'esempio di lei vi fusse in core,
Che saria cosa santa il puttanare,
E si c'acquistaria spasso et honore.
Se qualche gentil'huom vi vuol chiavare,
Pensate de la Zaffa al dishonore,
Dicendo voi di sì l'osservereste,
E le vie d'ingrandirvi sarian queste.

S'un che v'ama, superbe corteggiane,
Trovasse in voi punto di cortesia,
Discretion in bocca e nelle mane,
E stimare colui che vi desia,
Con dire il vero ancuò come domane,
E non fole e menzogne tutta via,
Senza che le chiedeste, ei vi darebbe
L'anima el cuor, e poco gli parrebbe.

Saria pur un piacere a dire: Io amo
Una donna ch'hà caro il mio servire,
La qual vien pronta a me quando la chiamo,
Ne mi vuol ingannar ne far fallire,
E senza lite ogn'hor d'accordo siamo.
S'io le dò, piglia, e non ardisce dire:
Dammi, fammi, se non ti faccio o dico,
Ne la taglia mi pon, come nemico.

Saria ben un spilorzo e ben furfante,
Un che la sua morosa ogn'hor chiavasse,
El suo bisogno vedendol'innante,
Come la vita sua non l'aiutasse;
Ma gl'è il bordel l'essere vostro amante,
E credo che se l'oro un dì v'amasse,

Fallirebbe poi l'altro, come ha fatto
Per girvi dietro al cul questo e quel matto.

Un giunge in casa della sua Signora,
E giunto appena, vien via la massara
Per soldi, per sapon; ne vien poi fuora
La madre, che par proprio il cento para;
E tanto sfacciat'è la traditora,
Che uscir bisogna di natura avara.
Eccoti adosso al fin la Diva corsa,
Che bacia te, per baciar poi la borsa.

Cuor mio, ben mio, padre, vecchietto mio,
Se mi vuoi ben, comprami trenta braccia
Di raso, o d'ormesin, ch'oggi il vogl'io.
Ti bacia gl'occhi, la boca e la faccia,
Talche vi scapperia Domene Dio;
Ne giova a te che tu il cattivo faccia,
Perche il cotal, che ti si rizza, vuole
Che gli paghi co i fatti le parole.

E mentre ti svaliggia e a sacco mette:
Vien (dice) a dormir meco, e vien ben presto;
E per la stessa sera ti promette;
E tu, coglion, corri a mandarle il cesto.
Compri in persona mille novellette,
Che ti par che 'l tuo honor richieda questo,
E quel ch'hai tu comprato, un altro cena:
Tu stai di fuor, rodendo la catena.

Spasseggiato quattr'hore pien di stizza,
Presto corri a vestirti a la foresta.
Esci di casa, e vuoi l'infame chizza
Scannar, bruciar, con ira e con tempesta.
In tanto il tabernacol ti si rizza,
E a fischiar torni, e fai la voce mesta.
La massara al balcon dice: Messere,
Di quì a un poco lasciatevi vedere.

In questo mezo il martel, che lavora,
T'apre la borsa, e volano i presenti,
E al fin resti a dormir con la Signora,
Che ti squinterna mille sacramenti
Che non potè cenar con teco allora;
E tu dici fra te: Porca, ne menti.

Se vorà il ciel ch'io mi snamori mai,
Com'un huom s'assassina vederai.

La mattina ti levi e mandi il fante
Per la tua veste, e lasci in casa lei
Da stravestirvi e drappi, la furfante
Rubba ogni cosa con mani e con piei.
Mandi per essi, e datti lunghe tante,
Che biastemmiando e rinegando i Dei,
È forza che mai più non gli le chiegga,
Ma che d'altri ten facci e ti provegga.

Una scuffia che lasci per la notte
Più non si vede e più non si ritrova.
Una camicia tua de le più rotte
Ti toglie, come fusse bella e nova.
E per Dio! che ne i boschi e nelle grotte
Dove che i malandrini fan lor prova,
Con l'oro in man con più sicurtà vassi,
Che fra queste puttane, ohime! non fassi.

Al fin gl'arlassi et i danar mancati,
Et il tempo perduto, e 'l disonore,
E 'l viver sempre mai da disperati,
La raggion, l'ira, il dispetto, il dolore,
Con quel rancor che si sfratano i frati,
Esci di man del vil asino amore,
E la mente insensata fatta sana,
Corri a furor contro la tua puttana.

Gli levi tavolin, casse, spalliere,
Perche quelle compraro i tuoi danari.
Gli sfregi il volto più che volentiere,
El Trent'un le fai dar sin da i beccari,
Con bastonate e staffilate fiere,
A mano propria da i facchin preclari,
A le massare, a la ruffiana madre,
Con risa sin al ciel gustose e ladre.

Cose ordinarie son le romanzine.
Cosi le porte tutte impegolate.
Le vostre benemerite ruine
Son gl'amici perduti, sciagurate:
O poverette, o mendiche, o meschine,
O ladre, o brutte, o giotte, o scelerate,

Credete hora al Venier: mutate vita,
Se non il ponte a star seco v'invita.

Ma son ben pazzo ad esortarvi, e dire
Che diventiate gentili e divine.
Puttane, hò detto mal, mi vuò ridire:
Siate pur ladre, ribalde, assassine;
Non vi restate rubbare e tradire
Senza misericordia e senza fine,
Perche non v'è altro rimedio e via
Di cavarci di capo la pazzia.

S'elle fusser da ben, come v'hò detto,
Il dì dietro n'andremmo a l'hospitale.
Ognun si caverebbe il cuor dal petto,
Se vivesser le vacche a la reale.
Il farci ogn'hor morire di dispetto,
Et il trattarci ogn'hor peggio che male,
Et il farci fallire a grand'honore,
Si cava al fin del cul madonna, Amore.

Rubbate pur a due mani ad ognuno;
Accumulate pur gioie e catene,
Che la vecchiezza vi riduce in uno
Tutto quel che pompose hora vi tiene,
E peggio ancor l'ingordo et importuno
Mal francioso, che a un tempo v'intratiene,
Vi rubba in otto dì quel che rubbate
Ne la vostra fottuta e verde etate.

Ma sarebbe un piacer di paradiso,
Se 'l mal francese, ch'altr'è che la tossa,
La robba sol vi mangi all'improviso.
Mal cas'è che vi rode i nervi e l'ossa,
E poi le man, l'orecchie, gl'occhi e 'l viso,
Vi mangia il cuor, e v'invita a la fossa,
Che cosi vuole Dio, che 'l tempo aspetta,
Per far di vostr'infamie aspra vendetta.

Si che, Zaffetta mia, vivi a l'antica,
Cosi come hai vissuto, o vivi peggio.
Cosi tu, porca Errante, mia nemica,
Cosi, tutte puttane, perch'io veggio
Che ad uscirvi di man saria fatica,
Se voi sedeste in putanesco seggio

Con le virtù che già v'hò detto avante,
Sin a la morte ognun vi saria amante.

Una fra mille, millanta e migliara
Di puttane viventi a nostre spese
Hò conosciuta buona, bella e cara,
E da bene al possibile e cortese,
Che Giacoma chiamossi da Ferrara,
O vogliam dir Giacoma Ferrarese,
Che per esser da bene, bella e buona,
In questi giorni s'è morta in persona.

Altr'io non hò da dir che mi raccordi,
Se non ch'ognun tien lega di cicale,
Il mondo faria stanza di balordi,
Se non fusse lo spasso del dir male,
Il mangiar la lucanica co i tordi,
Con gl'aranci, col pevere e col sale.
Cosi il dir male al gusto human non spiace.
Datevi dunque, o mia Zaffetta, pace.

Se i Rè, se il Papa, se l'Imperatore
Sopportan che gli sia detto, Coglioni,
Del mio burlar non pigliate dolore;
E se 'l pigliate pur, Dio ve 'l perdoni.
Anch'io vuò la mia parte de l'honore.
Son gentil'huomo, atto a donar de doni.
Venni, e subiai per farvi riverenza,
Ma dal balcon mi fu data licenza.

La nostra Signoria con gratia degna,
E il Prencipe ciascun, che parlar vede,
Ode con modo e gentilezza degna,
E grand'è pur la Venetiana sede.
Ma vostra Altezza, per portar l'insegna
Delle puttane, esser maggior si crede
Che non è di San Marco il campanile;
Pure dato vi fu il Trent'un gentile.

IL FINE.